26 MAI 1913

P

TENTURE CHINOISE

A FOND BLANC

COMPRENANT CINQ ANCIENNES TAPISSERIES

DE LA

Manufacture Royale d'Aubusson

XVIIIe SIÈCLE

D'APRÈS LES CARTONS DE BOUCHER

Appartenant à Monsieur le Docteur B***

CINQ ANCIENNES TAPISSERIES

DE LA

MANUFACTURE ROYALE D'AUBUSSON

XVIIIe SIÈCLE

D'APRÈS LES CARTONS DE BOUCHER

*APPARTENANT A MONSIEUR LE DOCTEUR B****

CATALOGUE

DE

CINQ ANCIENNES TAPISSERIES

DE LA

Manufacture Royale d'Aubusson

XVIIIe SIÈCLE

D'APRÈS LES CARTONS DE BOUCHER

Appartenant à M. le Docteur B***

DONT LA VENTE AURA LIEU A PARIS

HOTEL DROUOT, SALLE N° 6

LE LUNDI 26 MAI 1913

A quatre heures

COMMISSAIRE-PRISEUR

Me ANDRÉ DESVOUGES

Successeur de M. Maurice DELESTRE

26, rue de la Grange-Batelière

EXPERT

M. ÉDOUARD PAPE

Expert près le Tribunal civil de la Seine

174, rue du Faubourg-Saint-Honoré

EXPOSITIONS

PARTICULIÈRE : *Le Samedi 24 Mai 1913, de 2 heures à 6 heures.*

PUBLIQUE : *Le Dimanche 25 Mai 1913, de 2 heures à 6 heures.*

Et le jour de la Vente, de 2 heures à 4 heures.

CONDITIONS DE LA VENTE

Elle sera faite au comptant.

Les adjudicataires paieront *dix pour cent* en sus des enchères.

Paris. — Imp. de l'Art, Ch. Berger, 41, rue de la Victoire.

Cette suite, qu'il ne faut pas confondre avec la Tenture Chinoise *en six pièces, d'après* Fontenay, Vernansal *et* Dumont, *a été jadis attribuée soit à* Leprince, *soit à* Boucher. *Mais un examen attentif des neuf toiles, peintes en 1742 par ce dernier et léguées en 1819 par l'architecte Pâris à la ville de Besançon, a permis d'arriver à la certitude.* (C. f. Catalogue raisonné de la Collection Martin Le Roy, par J.-J. Marquet de Vasselot.)

C'est bien François Boucher qui donna ces modèles à la Manufacture Royale d'Aubusson, modèles d'ailleurs interprétés ultérieurement avec la plus grande liberté dans les ateliers de Pierre Picon de Laubard.

DÉSIGNATION

1 — *Le Jardinage.*

Dans un vaste jardin s'élève, à gauche, un grand kiosque protégé du soleil par des stores en toile grise.

Au centre de la composition, une jeune femme se tient debout. Elle est vêtue d'une robe jaune et d'un manteau bleu à larges plis qu'une ceinture rouge serre à la taille. Un turban rouge garni de plumes orne sa tête. Elle paraît donner des instructions à un jardinier qui s'incline respectueusement, appuyé sur son râteau.

A gauche, au premier plan, un Chinois, vêtu d'un manteau rouge et coiffé d'un chapeau de paille, caresse une jeune femme. Celle-ci est vêtue d'une robe bleue au col échancré sur la gorge et d'un manteau gris. Elle appuie sa tête sur les genoux de son compagnon.

Un peu plus loin, à gauche, un autre jardinier, vu presque de dos, vêtu d'une robe brune, greffe un arbre. Au second plan, un Chinois, dans le kiosque, contemple la scène.

Bordure simulant un cadre.

Haut., 2 m. 98 cent.; larg., 4 m. 68 cent.

-1c 5.- 131.000 —

2 — *Chinoise aux Oiseaux.*

Au bord d'un ruisseau, parmi des feuillages, et sous un arbre d'où la guette un perroquet multicolore, une jeune Chinoise appuie négligemment le bras droit sur une cage. Elle est richement vêtue d'un mantelet brun et d'une tunique rouge autour desquels s'enroule une écharpe bleue. Elle tend l'index de sa main gauche à un oiseau qui vient s'y poser.

Derrière elle, sur un perchoir, chantent deux oiselets.

Bordure simulant un cadre.

Haut., 2 m. 92 cent.; larg., 1 m. 60 cent.

3

3 — *Bergère chinoise conduisant un troupeau de moutons.*

Dans un riant paysage où le soleil se joue parmi les bouquets d'arbres et les plantes fleuries, une bergère entourée de moutons et de chèvres écoute la mélodie qu'un jeune Chinois, assis, à gauche, au pied d'un arbre, tire de sa flûte. La tête couverte d'une étrange coiffure de palmes, elle s'avance, vêtue d'un manteau bleu et d'une robe brune à ramages serrée au-dessus des chevilles.

Une collerette de plumes recouvre sa poitrine. Elle tient du bras droit un panier et de la main gauche un bâton appuyé sur l'épaule, au bout duquel se balance une gourde.

Dans le lointain on distingue une pagode à plusieurs étages.

Bordure simulant un cadre.

Haut., 2 m. 92 cent.; larg., 2 m. 90 cent.

Ce sujet est de la plus grande rareté.

4 — *La Mouture du riz.*

Près d'un palmier, un artisan chinois, coiffé d'un chapeau de paille qui abrite une partie de son visage, et vêtu de rouge et de bleu, tient de la main gauche la partie supérieure d'un réceptacle qui contient du riz, et le moud de la main droite.

Bordure simulant un cadre.

Haut., 3 m. 05 cent.; larg., 1 m. 29 cent.

5

5 — *Le Retour de la Pêche.*

Au premier plan, sur un lac, vogue une grande barque dont le mât supporte deux voiles. A l'arrière, une femme debout, vêtue d'une robe brune, d'un manteau bleu et d'une ceinture rouge, soutient un enfant en robe rouge, assis sur la cabine treillagée de l'embarcation.

Accroupi au pied d'un mât se tient un jeune Chinois. Le batelier, vieillard coiffé d'un large chapeau de paille, vêtu d'une robe violette et d'un manteau bleu, dirige l'esquif au moyen d'un aviron qu'il serre vigoureusement entre ses deux mains. A l'avant, une Chinoise aux vêtements bleus et rouges tient un très gros poisson.

Sur le petit débarcadère qu'effleure déjà le bateau, une jeune femme, dans une pose abandonnée, s'abrite sous le parasol que lui tend un Chinois, vêtu d'un long manteau rouge. Celui-ci, le genou et la main gauche appuyés au rebord d'une vasque d'où jaillit un jet d'eau, se penche légèrement vers sa compagne.

Dans le lointain, sur l'autre rive, on distingue une pagode dans un paysage boisé.

Bordure simulant un cadre.

Haut., 2 m. 85 cent.; larg., 3 m. 85 cent.

Ces tapisseries, d'une grande finesse, sont d'un coloris charmant et d'un parfait état de conservation.

CINQ ANCIENNES TAPISSERIES
D'AUBUSSON

*Appartenant à Monsieur le Docteur B****

Carte d'Entrée à l'Exposition Particulière

HOTEL DROUOT, SALLE N° 6

Le Samedi 24 Mai 1913, de deux heures à six heures

COMMISSAIRE-PRISEUR :
Me ANDRÉ DESVOUGES
Successeur de M. Maurice DELESTRE
26, rue de la Grange-Batelière

EXPERT :
M. ÉDOUARD PAPE
174, Faubourg Saint-Honoré
PARIS

www.ingramcontent.com/pod-product-compliance
Ingram Content Group UK Ltd.
Pitfield, Milton Keynes, MK11 3LW, UK
UKHW022001260726
13994UKWH00004B/1898

9 782329 347776